句歌集

蒲公英の絮

新海広之

Shinkai Hiroyuki

六花書林

旅先にて　娘と一緒に

教え子の方、知人からの絵手紙

俳句・短歌に絵を添えて送ってくれました

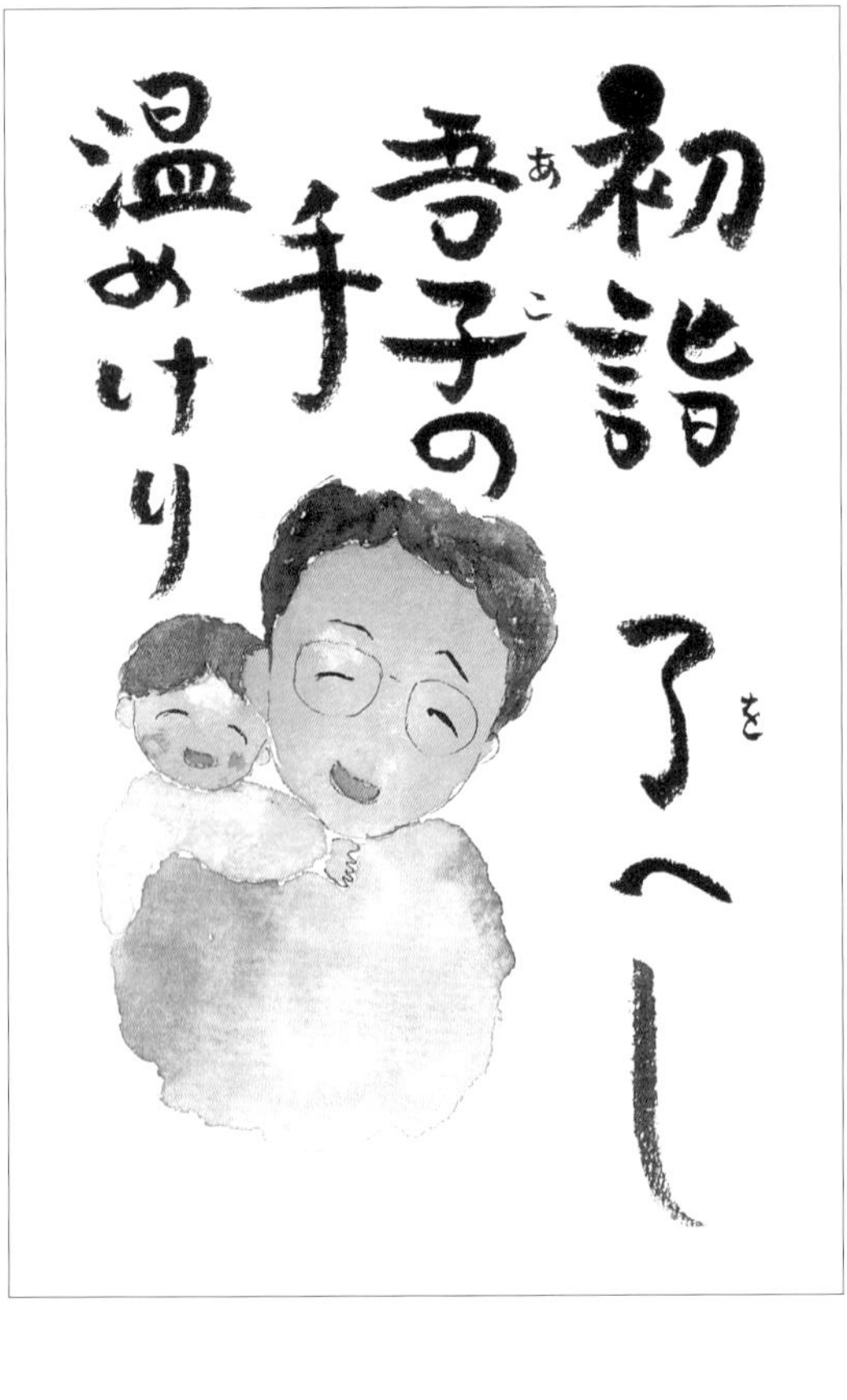

踏んまへる
広目天か
踏まれぬる邪鬼か
いづれの
秋思ぞ深き
新海広美

鳥類も
両生類も
目を
つぶる姿は
すべて
祈りに
似たり

蒲公英の絮＊目次

装幀　真田幸治

蒲公英の絮

第一章

1993年5月〜

春雷や予期せぬ辞令拝命す

蠛蠓《まくなぎ》や残務抱へて帰路につく

師の開く扇心経書かれをり

風鈴や文豪生みし町歩く

目薬をさすや秋思《しうし》の断たれけり

木犀の香の満つ午後の講義かな

ネクタイは臙脂と決めし冬隣《ふゆどなり》

身にしむや本意ならざる言述《ことの》ぶる

黒板の文字大きくす初しぐれ

伊勢の海の静かなるかな初時雨《はつしぐれ》

チャイム冴え期末試験の始まりぬ

忙中忙賀状を書きつづけをり

吉報の届きし夜なり月冴ゆる

飲み込みし言葉重たし隙間風

寒の水鯉の緋色を研ぎ澄まし

耳だけは愚痴を聞きつつみかんむく

息白く少女試験の出来を告ぐ

鴨立ちて争ひし時水光る

筆鋒の太きうねりや淑気満つ

犬ふぐり空の色ぼわっと膨らます

ワイパーのひと撫でごとに春が来る

梅林の坂はゆるやかなるがよし

結論は堂々巡り遠蛙

行く春や削りし山の赤きこと

チョーク折れ今年も梅雨に入りたるか

夏めきてチョークいよいよ白かりき

てのひらに受けて清水の香の残り

青嵐日めくりはねて週末に

玉のまま落ちし線香花火かな

リゾート地少年甲虫を売る

ジュラ紀かくあらん真夏の破壊力

鉄路来てふるさとに似る草いきれ

輪の外の闇の深さや盆踊り

雑踏に居て人拒むサングラス

流星を揃ひ見ること終になく

むらがりて赤ぬきんでて曼殊沙華

名月の円周すこしぎざぎざす

藁塚《わらづか》や空気この頃ひきしまる

父の描く柔和な顔の案山子かな

青空と湖《うみ》のあはひを雁渡し

冬凪や海やすらぎの藍を湛《たた》へ

昼の月より舞ひ落ちる紅葉かな

伊吹山より立ちあがる冬の虹

水底《みなそこ》に町ある如し聖夜かな

冬雲や骨折に耐へがぎぐげご

蜜柑山空の青さをまろくする

地の鶫《つぐみ》雲の動くを眺めをり

梅林の坂うねうねと頂上へ

入院は清遊と決め春の雪

リハビリにのけぞる三寒四温かな

春雨やリハビリの脚そろりそろり

じつと見て居れば浮き立つ犬ふぐり

句を詠みて欠伸《あくび》して暮れなずむ春

心得の子細に受験監督す

服薬の嵩の減りけり水温む

菜の花や向うは凪の太平洋

そよ風に揺れおしやべりなチューリップ

料峭《れうせう》や骨の亀裂のレントゲン

理科室の中に糸吐く蚕かな

白椿ワイシャツに糊良く効きて

春燈やあす退院の荷の整理

短夜や快気を祝ふ熨斗袋

チョーク止め鶯鳴くを確かめる

遠足の素足を川に浸しをり

日当たりの鉄路に沿ひし杉菜かな

放送は下校促す薄暑かな

風薫る今欲しきもの翼なり

復職の我を迎へし飛燕かな

トラックに豚積まれ行く梅雨の闇

でで虫の角《つの》に前線停滞す

積み残す事多き日や五月闇

父の日や活字となりし句を贈り

後悔をして蛞蝓《なめくぢ》の如くをり

優曇華《うどんげ》や理科の嫌ひな子の多く

でで虫やフーガを聴きし雨の午後

梅雨明けやリハビリ次の段階へ

芭蕉の葉動き朝日の昇りけり

松葉杖に付けて鈴の音涼しさよ

トレモロの効きたるギター夜学生

早苗田に村のともしび揺れにけり

烏瓜爆薬詰まれゐる如し

君からの電話全身耳になる

秋天にかけて梯子《はしご》を登りたし

木犀の香と青空につつまれる

入院や夜長に溺れゐる如し

短日や町にあふれし電子音

金木犀帰路のネクタイゆるめけり

転がりしままのボールや初時雨

目が回るほど追憶をして忘れ

色鳥をレンズの中にとらへけり

流星やひきずる過去も愛すべし

小春日や光る瀬に聴く水の私語

推敲の揺れ猫じやらし抜きにけり

地球儀に二つのドイツ煤《すす》はらふ

観覧車天に近づく淑気かな

ふるさとは小さくなりて冬ざるる

縁側の猫が小春を招きけり

女生徒の頬杖窓に鰯雲

霜の声とどきしや月反り返る

冬麗や天に近づく観覧車

双六のあがれば所在なくなりぬ

邪気を踏む広目天の淑気かな

驚きし事なく寒鯉にて候ふ

極月の黒板の文字大いなる

遠吠えに遠吠え応ふ夜寒かな

鵯《ひよどり》鳴いてより脱線の講義かな

海よりも空よりも青し龍の玉

黒板に未知数多し秋の空

雪しまく中日輪のぼやけをり

パソコンに使はれてゐて春寒し

森の精らしき御方や野に遊び

寒の水とはかたくなな水のこと

草野球スローカーブや春の空

ゆっくりと話す英語や春深む

言ひ訳をして唇の冴え返る

足跡の行きつきし先雪達磨

虫の音の止み本当の闇となる

大寒や金の仏の底光り

残されし虫や悲しきまで一《いち》途《づ》

デジャ・ヴュ《既視感》の中の女のかげろへり

啓蟄や海底トンネル抜けて来し

麗かやゆつくり回る天球儀

菜の花の黄に包まれてゐる愉快

のどかさや止まりかけたるオルゴール

爪の数あれよあれよと増えにけり

大試験監督しつつ風を聴く

冬ごもる日々や日記をまとめ書く

春惜しむ時は近くに水ありぬ

定年の師の髪黒し暮れかぬる

みづうみに風少しある薄暑かな

重力の無く舞ひあがる桜かな

春の雪教室に私語あふれけり

いぢめられし子の見てをりぬ蕗の薹

三月の水平線より大漁旗

たましひに色あらば白　雪柳

デジャ・ヴュといふ陽炎の中に在り

ざわざわと森ゆさぶりて春疾風

行く春やショパンを聴けば雨の粒

短夜の夢の女の影薄し

短夜の故人の写真若きかな

眼科検診つつじ鮮やかなりし午後

衣更《ころもがへ》聴きたくなりし海の音

千の罌粟《けし》我に向かひて無言なり

酒うまし酌みて別れし夕薄暑

春風に木々の年輪緩みけり

紅梅や湖水のみどり深まりぬ

教師こそ謙虚に生きよ夏蜜柑

砂時計ひっくり返して春寒し

予備校生蕗の薹見て立ち去りぬ

いざ四月人に出会はむ書を読まむ

夜の風梅雨呼び寄せてゐたりけり

麦秋や知多に丘陵多き事

葉桜となりてさらなる青空よ

葉桜や浪人生の眼は深く

ふらここの互ひ違ひに語りけり

雲の峰昼の月まで届きけり

夏木立むかし悪餓鬼いま教師

憲法記念日まづ客観視する自分

災天や時々かたく眼をつぶる

海に来て少年ものを言はぬ秋

風鈴や音にも光あるごとく

葱坊主隊列少し曲がりけり

遠山に水泡のごとき若葉かな

げんげ田を抜け来し風のうす紫

あぢさゐの地球の色となりにけり

伊勢の海より白南風《しろはえ》の吹きしかな

稲妻のむらさき走り出す夜かな

手花火の果てて水面に戻る色

冷奴青き器に出されけり

少年は教師となりぬ夏木立

草取るや己れの中にゐるおのれ

流星を二人見し事秘すべしや

色チョーク使ひ過ぎたる残暑かな

炎天を行くたましひをひきずりて

蕗あをし水閉ぢ込めてゐたるごと

日本は雨の国なり蕗かをる

かかる夜はバッハ聴くべし星月夜

遮断機の空夕立の激しかり

爽やかや農学目指す女子生徒

楷書にて記すごとくに田植かな

走り梅雨森にけもののゐる気配

炎天や巌は意志を持ちて立つ

美しき金魚にそつぽ向かれけり

砂浜の青ざめてゐる月夜かな

ゆらゆらと紫ゆるる泉かな

朝顔の音あるごとく聞きけり

炎天や田より田へ引く水の音

秋風やいつしか空を仰ぐ癖

何もかも月の光に濡れし町

萍《うきくさ》の群れより離れ泳ぎだす

青田道ここより先は未知の土地

霧濃ければここに埋めたき記憶あり

晩秋や思ひ出せざる英単語

流星や声にならざる感嘆符

風の道譲られし夏座敷かな

たましひと離れて歩く油照り

日本といふ白き国秋の風

初冬のネクタイのいろ紺と決む

ごんといふ狐ゐし里木の実降る

秒針を合はせてをりぬ冬隣

星飛んで良き予感あり夢もまた

爽やかや校了のペン置きし音

研ぎ汁に湧きかへる白原爆忌

ひまはりの被告のごとく立ちにけり

心理学まなびし帰路の夕焼けかな

橋渡りきれば時雨のやんでゐし
秋の水風を映してゐたりけり
どんづまりから考への抜けて秋
大きく字書きしチョークの折れて冬
お開きのあとの波音年忘《としわすれ》

セザンヌのチョッキの少年秋澄めり

相談に深入りをして秋の空

星月夜神話を一つおぼえよう

脱稿の日より秋思の始まりぬ

星飛んで黒はつくづく深き色

時雨虹かかる気配となりにけり

欅枯れ学校の空ひろがりぬ

短日といふまつすぐな時間あり

まばらなる秋灯闇を硬くせり

秋の夜の光るものみな青白し

夜学生まことしづかに読書せり

魚はねて冬凪の朝はじまりぬ

黒板を丁寧に拭き睦月かな

返り花我しか知らぬかもしれず

眠りたるのちも聖樹の点滅す

漆黒の除夜の闇なりしづかなり

個展見て我が句眺めて文化の日

立春の風やはらかに色ありぬ

欠席の机一日寒かりき

第二章

1997年3月〜

1997（平成9）年3月～

鉛筆を削りし指の冴え返る

置き物の狸春めく蕎麦屋かな

日の差せば風花消えてしまひけり

十代や真昼の吹雪眺めゐて

成行《なりゆき》にまかせてをれば風花す

日向ぼこたましひ融けてしまひけり

地球儀の日本赤し春の朝

旅程くむ地図の中なり山笑ふ

朧夜に消えゆく吾もおぼろなり

鯛焼を買ふ足元に迷ひ猫

答案に空欄多く冬ざるる

かじかみしゆゑか鼓動の熱かりき

はくれんの夜も光を放ちけり

くれなゐといふ重き色椿落つ

前髪を揃へし少女山笑ふ

ふらここを漕ぎたくなりし夕かな

海に来てけふ母の日と思ひけり

裏街道には残雪の多かりき

噴煙をかすかに上げて山笑ふ

春逝きて落ち尽したる砂時計

春昼や濃尾平野といふ語感

陽炎《かげろふ》になるため歩きつづけけり

石鹼玉ちひさきものは長生きす

土筆むけば指先赤し青臭し

短夜をさめればまたも悩みけり

朝寝してゆらゆら海の中の夢

誘ひたき映画のありて夕薄暑

教室の窓開けはなつ立夏かな

窓外に鳩鳴くこゑや大試験

白梅の返す光の硬さかな

捨苗のしづかな雨に打たれをり

まぼろしのごとき月下の葱坊主

アルバムをしづかに閉ぢて春惜しむ

ジパングと呼ばれし国や虹立ちぬ

梅雨寒し濡れてはためかざる校旗

骨格の冷えてゐるなり梅雨の闇

葉桜やいつも人ゐる長木椅子

満開の桜濡れたるごと照りぬ

更衣《ころもがへ》髪を一気に短くす

春逝きて書きたくなりし私小説

短夜や遠き方より波の音

端居して己れを思惟の中に置く

白南風《しろはえ》を一人占めして走りけり

地球儀に線のひしめく暑さかな

水中花のぞけば眼《まなこ》うつりけり

母の日の前略元気ですとのみ

めざめればまた悩みゐて明易し

黒南風《くろはえ》をジュラ紀の風と思ひけり

水無月と言ひし語感の青さかな

炎昼の光を大音響と思ふ
炎昼や眉寄せたまふ阿修羅像
炎天や歩かねば死はすぐに来る
すててこや下駄の歯かくもすり減りし
ボールペンくるつとまはし梅雨明くる

靴底をすり減らし行く残暑かな

冷酒や海のにほひのする男

虹たてば藍はかなしき色と思ふ

虹たちて盆地の午後を鎮めけり

くれなゐの薔薇の孤独の中にあり

花火果て太平洋の闇深し

サングラスかけて無口となりにけり

炎天の自分の影の近かりき

憂鬱を斜めに裂きて星飛びぬ

朱夏千二百六十余回阿修羅像

月光を硬き光と思ひけり

常滑の朱泥にはかに秋めきぬ

ベートーヴェン五番を聴きし雨月かな

水底の廃墟のごとし月の町

居残りの生徒も帰り秋の風

噴水をかたむけて風走りだす
薔薇園といへども一花一花より
いなづまや万物意思をもて応ふ

1997（平成9）年10月～

ほうたるの闇動かしてゐたりけり

ひかげれば薔薇をつめたき花と思ふ

雨の月善意の嘘もありにけり

コスモスに揺れざる時のなかりけり

盃にうつる銀河を呑みにけり

満月を瞳に容れて閉ざしけり

ポケットに木の実しのばせ講義せり

寂しいぞさびしいぞまた木の実降る

芒原《すすきはら》ゆふべの月の匂ふなり

直角に都会を歩く残暑かな

ゆるやかにたましひ戻る昼寝覚

図書館に私語多き日の残暑かな

食べ終へし西瓜を船のごとく置く

伝説の力士の生家大氷柱

月硬しかかる夜は燗熱うせむ

月光に包まれ海に眠りたし

満月や影を消さむと影に入る

蒼天を支へし曼殊沙華の蕊

たましひの横たはりをり朴落葉

踊りの手暗きに来れば怠けをり

めつむれば銀河の渦の中に在り

けふ硬きチョークの音や冬立ちぬ

ふるさとの小春日和を歩きけり

虎落笛《もがりぶえ》海にこだまは無かりけり

木犀の香に濃淡のありにけり

踊りの輪くづれしままにまはりけり

独り占めせむ月曜の紅葉谷

梨はめばさくりと時の過ぎにけり

時雨忌の国語辞典の重さかな

癒やすため消す記憶あり日向ぼこ

柿ひとつ置けば光の集まりぬ

小春日に一点動くものは我

さざなみを水の秋思と思ひけり

冬薔薇の白さのなかの硬さかな

こはるびのるびのあたりに浸りをり

大空のまん中に凧あがりけり

独語しておのれに気づく夜寒かな

降りそそぐ枯葉の渦に巻かれけり

焚火《たきび》して我が身の前とうしろかな

魂をさらひに来たり虎落笛《もがりぶえ》

古日記暗き処へしまひけり

春の星しきりに何か送信す

色チョーク使へば白の冴返る

虎落笛まがりくねりて来たりけり

凩《こがらし》の届きし月の高さかな

夜の街のネオンに染まる春の風

一仕事終へて鞦韆《しゅうせん》漕ぎにけり

春風邪や眼閉ぢれば広がる黄

野火が野火呑み込こんでゆく疾さかな

寒のマラソン自分の中へ走りゆく

春雪や窓に二つのシルエット

人の来て田の畦に火を放ちけり

水仙の香にしろがねの光あり

白息をさらひ急行電車過ぐ

冬凪や水平線見て無心なり

たましひに日を当ててゐる小春かな

山茶花の散りゆく闇と思ひけり

藤咲くやむらさきは揺れやすき色

嘘ついて全身の骨冴返る

蓬餅《よもぎもち》食べしばらくは寡黙なる

春愁や三つの鍵を持ち歩き

どの道を行きても遠しかげろへる

鳥曇教へ子一人退学す

淡き影曳きつつ舞へり石鹼玉

一村を包みし雪解川の音

春月のひかりひらひら裏がへる

槍投げの槍をかすめし飛燕かな

晩成の晩なるは何時春の雲

夕薄暑全身透けてゐたりけり

水彩画より薫風の起りけり

机上に在り白き薔薇《さうび》と理科年表

夏めくや日に日に白き川の石

紅梅の移りし水の重たかり

１９９８（平成10）年６月～

啓蟄や留守番電話に関西弁

リハビリを終へ遠山の雪《ゆき》解《げ》靄《もや》

春月の枝にかかりし重さかな

夕霞秘密を告げてしまひけり

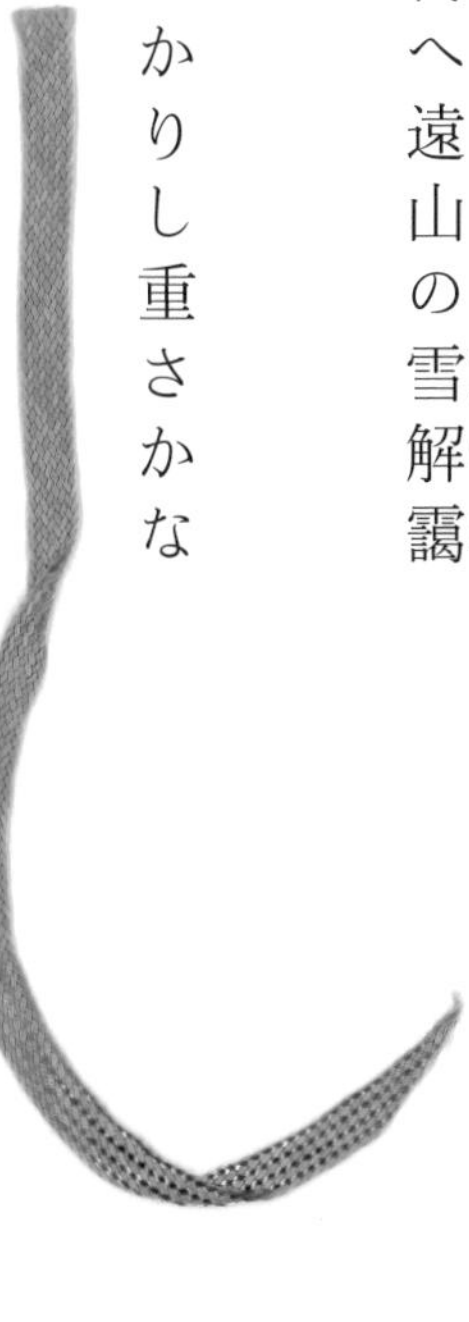

紫陽花や月下にあれば淡かりき

風鈴の夜の音色の青きこと

教壇の声くぐもれる梅雨の闇

夕薄暑風に潮の香ありにけり

山葵沢水音といふ光あり

白牡丹うすぐもるとき揺れにけり

薔薇活けて明るき風を起こしけり

椿落ちゆくとき宙の昏かりき

花の雨図書館二つはしごせり

満開の桜見て来し夜の微熱

如来菩薩明王天部梅雨の闇

日の当たる闇となりたる黒牡丹

デジャ・ヴュの中にめざめし午睡かな

たましひをはるかにさせて端居かな

方位磁石重く北指す梅雨の闇

教へ子の近況を聞き青嵐

雨あがるけはひあぢさゐすきとほる

炎天の影のだらけてをりにけり

十薬や忌中の家を包みゐて

炎天やぐにやりと曲がる時間軸

白昼に闇のありけり紅薔薇

もんどりを打ちもりあがる雲の峰

人体に曲線多し虹二重

八月や山岳小説読了す

いち早く水のほとりにいぬふぐり

端居して思惟やはらかくなりにけり

ローカル線窓開けてゆく薄暑かな

端居せり日本はいま凪の中

夕凪ぎて光年といふ彼方あり

約束は時には重し桐一葉

星飛ぶや背後に水の音のして

阿のわれと吽のわれゐてビール干す

神の山抜け来て掬《すく》ふ清水かな

秋風を来て秋風をふりむけり

かぶらねばならぬ仮面に秋の風

滝落ちてとどろくといふしじまあり
満月のすつぱいやうな光かな

1998（平成10）年10月〜

をろかさや群れねば咲けぬ曼殊沙華

夏山に自分の影を溶かしけり

芒野や月の光の散乱す

わが前をわが影のゆく登山かな

冬ざるるもののひとつや色無き夢

野分立つけはひの空気重たかり

蓮咲いて天上天下しづかなり

呪術師になれさうな星月夜かな

流星やきらきらと鳴る弦楽器

歩きだすランナーのあり葛の花

日の障子閉めてはじめし勉強会

カタカナノ光ヲマトフ冬ノ月

星飛んでしばらくは天ざわめきぬ

立冬の靴紐固くかたく結ぶ

冬帽子雲低ければ目深にす

薬服《の》む人体寒きことときびし

身に入《し》むや見えぬもの見る心理学

秋の夜の闇の乾いてゐたりけり

銀河より降り来し落葉かと思ふ

教室に風少し入れ冬うらら

松の内過ぎぬ机上の専門書

厚氷割れたる池の痛みかな

ロッキングチェアの上の小春かな

寒の水のぞけば何か動きをり

冬立ちてさがしてゐたる言葉あり

紅葉散るたましひ癒やすごとく散る

紙で指切つてしまひぬ寒の月

悴《かじか》みて冗談さへも言へずをり

福耳の家系に生まれ日向ぼこ

寒月に鋼鉄の香のありにけり

嘘つきにゆく秋風の中をゆく

霜柱ふめばただよふ林檎の香

ヂノ音ガ響ク耳ナリ春寒シ

料峭や燐寸《マッチ》擦れざる子の多く

風の色春一番は藍のいろ

マレーシア、シンガポールの旅

歳末や海峡の町うすぐもり

嘘ついて帰りし道の虎落笛《もがりぶえ》

マフラーを青くまとひて風の中

1999（平成11）年3月〜

ランナーは陽炎《かげろふ》となり消えにけり

初湯して骨くれなゐになりにけり

白きチョーク折れ春愁のはじまりぬ

風船の関西弁で売られをり

大寒や無きはずの歯の痛みゐて
ふらここをぎいぎい鳴らし告白す
おぼろ夜やしづかに泳ぐ魚の群れ
身の内のくらがりへゆく寒の水
淡雪の闇やはらかくしてをりぬ

教室に欠伸《あくび》ひろがり春の午後

また同じ一行を読み目借時《めかりどき》

耕人にかぶさり来るや山の影

魚たりし記憶月下を逍遥す

たましひを探し歩けば虎落笛《もがりぶえ》

地の底のあたたまりをる小春かな

ひらがなのやうな光に日向ぼこ

たんぽぽの絮《わた》飛んで理科室の中

夕刊をていねいに読み夏近し

春光や湖にうつりし山の影

日だまりのここにも一人風船屋

不意に気を許す素顔や桃の花

石鹸をたつぷり使ひ立夏かな

かがやきて宙突き進む草矢かな

散る桜肌に触れれば冷たかり

別れ来て映画のごとき春の雨

ふくらみてまたふくらみて春の海

大時計しづかに動く暮春かな

緑蔭やルノワール見て来し微熱

秒針のわづかな狂ひ走り梅雨

大いなる封筒ひらき青嵐

橋の上にて立ちどまる日傘かな

海見ゆるまでふらここをこぎにけり

短夜や読まずに返す本ありて

梅雨の海航跡もまた昏からむ

あをによし奈良に薫風吹きわたる
紅蓮《ぐれん》の火まとふ明王梅雨の闇

１９９９（平成11）年９月〜

炎天や圧しつぶされし己が影

天空の明るきところよりの滝

ゴンドラは琵琶湖一望朴の花

働きて己れを汗の中に置く

梅雨明くるけはひ雨粒あをければ

校門を出てまともなる西日の矢

地球儀のしづかにまはる星月夜

捩花《ねぢばな》のねぢれし先の深空かな

冬隣帽子まぶかにかぶりけり

踊りの輪はなれて星を仰ぎけり

梅干しの真赤がうつる今年米

目つむりて己が内見む富士に月

冬立ちて油絵の紺深かりき

釦《ぼたん》多き服の女や冬隣

時雨待つごとくに河原白かりき

しばらくは夕日に秋思まかせけり

やはらかき風のごとくに踊りの手

紅葉散り池のあをさを深めけり

曼殊沙華くれなゐは人憎む色

大根の穴まつさきに暮れにけり

夕霧やゆるやかにわが影包み

吾亦紅新しき風生みにけり

草紅葉遭難の碑を包みけり

秋水や深きところに己が影

眼の前を草の絮《わた》飛ぶガレ場かな

銀河濃し山には山の闇の音

貴船菊雪は流れてゆくばかり

大年や机上に心理学辞典

歳晩やアラビア人とすれちがふ

冬の虹最後に紺の残りけり

人声の途絶えて枯野完成す

くれなゐの星の目立ちて寒明くる

短日や穴のごとくに己が影

人体は管の集まり冬の風

冬うらら深まりゆくは海の紺

第三章

２０００年３月〜

2000（平成12）年3月〜

豆撒けり闇をとほくにするごとく

豆撒きて闇に起伏をつくりけり

春星や光に匂ひあるごとく

吊り橋のしづかに揺るる小春かな

榾《ほだ》の火や日本は赤き世界地図

初凪や時もかがやくもののうち

波に波かぶさつてゐる日永かな

飛行機雲少しくづれて卒業す

春の雨山川草木ねむりをり

節分や憤怒の仁王笑む弥勒

壁殴る少年のゐて春嵐

句読点多き文なり花の冷

あたたかや日を集めゐる鬼瓦

遭難碑より雪どけの始まりぬ

夜の風船たちまち消えて天の闇

野を焼くや音たてる火と静かな火

初夏の風となるまで酔ひたまへ

惜春や夕陽くづるる水平線

ゆく蜂を光の化身かと想ふ

春雪や教へ子遠く嫁ぎゆく

辛口の酒で締めたる日永かな

先生の居残ってゐる暮春かな

花冷や歩幅の合はぬ人とゐて

万愚節しづかに浪のくだけをり

職さがす青年とゐて花の冷

噴水にかさねて影を踊らせむ

春愁や声の大きな人とゐて

囮鮎くらくしづかにあぎとへり

薫風や指やはらかき菩薩像

天平仏しづかに笑まひ風薫る

炎天を棒のごとくに電車過ぐ

竹藪に風の騒げり星祭

2003（平成15）年1月～　長期空白期間後

波が波追ひ超してゆく淑気かな

汐の香も加へて海の初景色

三日月の万里の長城凍てつけり

廃村の椿より暮れはじめけり

闇に傷つけながら落つ椿かな

お降《ふ》りのうすむらさきの雫かな

春愁や白紙にもあるうらおもて

航跡のかがやきを追ふ春の風

夕暮の椿ゆふぐれより冥《くら》し

咲き満ちて風を生みだす桜かな

日を吸へば山吹の黄は昏かりき

芽吹きゆくけはひして闇やはらかし

爽やかや銀河のうねりよりの風

初夢に見しみちのくの吟醸酒

第四章

（約十年の空白）
２０１６年４月〜

2016（平成28）年4月〜

凩《こがらし》や昼の月まで揺さぶりて

兄弟のなき子の独語《どくご》しやぼんだま

春の水こそみづいろの水ならむ

たましひが黄になるけはひ目借時

ひや酒や嘘つくときの眉の癖

家康の上目遣ひや朝ぐもり

林檎嚙む深紅といふは硬き色

物理学教師林檎を齧りをり

帰り花昼の月より透けてゐし

廃村に玩具ころがる小春かな

闇に色あらばむらさき寒の内

たとふれば颪の悍馬《かんば》や青嵐

2017（平成29）年10月～

信長に焼かれし寺や鰯雲

ことごとく濁音に包まれて滝

駆けっこのゴールの先の金木犀

満月や町は長方形ばかり

真夜中に水呑む銀河呑むごとく

秋水の映せしもののみな緻密

巨樹林やしづかな霧と動く霧

肌にしみこむしづけさや星月夜

福耳は父祖伝来よ燗熱し

シリウスの欠片か犬ふぐりあまた

永き日や水は樹幹を昇りつめ

志はにかみて言ひ卒業す

闇に闇かぶさる中を初詣

初湯してうすむらさきの吐息かな

四捨五入すればしあはせ春の雪
春の闇てふ流体のにじみ来る
声嗄らす大道芸人山笑ふ
黒板にあまたの虚数青嵐
黄金の鯉白銀の春の水

夢に色あり落椿のくれなゐ

たんぽぽの絮《わた》と山頭火と雲と

一人子にピアノが届く梅雨晴間

平仮名は総じて円し夏見舞

落涙のかたち線香花火果つ

大花火変はりゆく火と一途な火

星飛んでまつすぐといふさみしさよ

大夕焼消えて火星を残しけり

光年の闇につつまれ猫の恋

ねんごろに星光り合ふ夜長かな

茶柱といふ僥倖やちやんちやんこ

強面《こはもて》の教師の笑顔息白し

ラグビーの空まで泥にまみれけり

海月ゆく原発の海もみほぐし

霊長目ヒト科の仲間日向ぼこ

地球儀に国境多し懐手

夕焚火うしろに巨人ゐるけはひ

受験子の頬ひとつ打ち解き始む

寒の水飲むやたましひ透きとほる

ほろ酔ひの初夢ほろ酔ひのうつつ

稜線は光のうつは春曙

魚たりし記憶かすかに夕朧

春暁や句読点なく続く夢

告げられし余命を超えて苗木植う

告げられし余命を越えて新暦

除夜の鐘星揺さぶってをりにけり

春愁や鏡に似て非なりし我

月上がる菜の花の黄を吸ひあげて

光爆ぜ空よりこぼれ来たる夏

手を逸《そ》れし風船はいま銀河系

炎帝やゲームセットの内野ゴロ

水中花揺れたるは我かも知れず

五月雨や合せ鏡の中の我

直角に決まる外掛け草相撲

流灯や闇を置いてけぼりにして

二百十日うどんに掛け過ぎたる一味

雨激し東京といふ水中花

冬虹や街に直角あふれゐて

たましひにかかる重力春うれひ

春光や千手観音とふ谺《こだま》

逸れてゆくプレースキック鰯雲

α《アルファー》は楽しき形蚯蚓《みみず》鳴く

全山の背骨たらむと滝太し

小さき人魚か水中花揺らせしは

山河にも輪廻《りんね》はありぬ夕紅葉

紅葉散るある時は風生むために

焚火守る二足歩行の裔《あとつぎ》として

我を捉ふるセンサーいくつ虎落笛《もがりぶえ》

捨て案山子なれど残りし目の力

風船や宇宙は爆発より生まる

うやむやのままの筆順返り花

卒業生に向けて

外海《そとうみ》に浪ありされど風光る

第五章

〈短歌〉1993年〜

１９９３年〜

答案の皺になりたる汗の跡あらかた易き問題なれど

学校の秋の一日疾く暮れて雑然たりし机上を揃ふ

窓外の落葉を眺めゐし部屋に静かに流るヴァイオリンコンチェルト

初夢は佳き夢なれど仔細まで憶えずがもどかしくあり

玉葱がはみ出す程に積まれたる荷車青き丘を越え来る

ベランダに糞を落とせし鳩を追ふ良寛、一茶に我はなりえず

鉄塔を結ぶ電線湾曲し春の青空持ち上げてゐる

教へ子の合格告ぐる留守電の弾みし声を繰り返し聞く

レントゲン撮るたび患部の靄《もや》白く折れたる骨の再生のどか

教へ子は看護婦となりわがカルテ昔と同じ仕草で書きぬ

会議中風の音聴く我が居てそれを見つめる我も居るなり

怪我癒えて復帰叶ひし教壇に折れしチョークをいとしく思ふ

どこからか逃げ来しインコ病室の窓外の樹にしばらく憩ふ

空に穴開きて常世の光漏る如くに春の月は輝く

八年間長距離走をせし君にネパールの空青きを願ふ

講堂に全校生徒の集ひ来て梅雨の予感の風が吹き入る

町は昼に傷つきをりぬその傷を夜月光が濡らして癒やす

不登校の生徒の話聞いてゐる共感できる事を探して

数千の鷗を双眼鏡で追ふ海風つよき伊良湖岬に

１９９７年３月〜

何度でもやり直しのきく砂時計をうらやましいとつぶやいてゐる

大空へクレーン伸びるだけ伸びて春の雲さへつかまうとする

言葉では言ひつくすことできぬから蛍のやうに光つて告げたい

左脚切断の危機ありし我がいま生徒らとソフトボールする

ふと辛き記憶脳裏をかすめ来て握りしめゐる右手の拳《こぶし》

空中の赤き成分凝縮しりんごとなりて卓に在りたり

沖からの風を集めて半島の札所の寺の幟はためく

大陸の果てまで靄《もや》のひろがりてその中心に咲く花八つ手

透明な自分になればトラウマも癒えむと思ひ月光を浴ぶ

１９９９年１月〜

旅先で議論始める友がゐて醒めたる我を見てゐたる我

セラピストとして研修を受けし日の自分自身がつくる箱庭

明日もまた賑やかならむ星々の下にしづかな夜の観覧車

2000年3月〜

真夜中に歯をくひしばることありて明日は春の疾風とならむ

七曜の一曜のみをゆつくりとただゆつくりと丘に登らむ

2003年3月〜

鳥類も両生類も目をつぶる姿はすべて祈りに似たり

残雪を融かして淹れし珈琲を飲めば身の内浄化されゆく

２０１８年１月〜

長期空白後

担任が卒業名簿を読むやうに法相は処刑されし名を告ぐ

十七も三十一もそれらを成す五も七もみな美しき素数

戻りたき「あの日」の増えてゆくことが老いゆくことか林檎咀嚼す

名にし負はば余命延ばせよ福寿草汝の集むる陽の力もて

後の世に戦前だとは言はすまじ戦後七十余年の今年も

プリンター紙吐きながら二、三言何かつぶやく不服あるらむ

星屑といへども星は星として早春の闇飾りてをりぬ

寂しさが痛みの因か老患者ナースが来れば笑まひてをりぬ

春昼の窓辺に座りほほづゑをつけば眼中みな霞みけり

体育座りしてゐるやうな「&《アンバサンド》」先生の指示聞くふりをして

まつさらな空昇りゆく観覧車薫風掬《すく》ひ戻り来たりぬ

診察に呼ばれるまで身じろがぬハシビロコウのやうに待ちをり

2019年7月〜

リセットの機能があらば使ひたき今日ひと日なり寝返りをうつ

爆音を置いてけぼりにヘリは去り毀《こは》れし空を雲雀が繕ふ

「しぶとし」は命に向くる誉め言葉告げられし余命三月《みつき》超えたり

「さうだね」と「さうかな」の二語のみ使ひ子に考ふる時間を与ふ

いくたびも枝分かれせし大木の来《こ》し方想ひ塩むすび食《た》ぶ

炎帝に打つて出る覚悟われは決め口に放り込む塩飴一粒

山麓に猪罠《ししわな》あまた仕掛けられ鉄の格子に秋の風吹く

踏んまへる広目天か踏まれゐる邪鬼かいづれの秋思ぞ深き

試歩の途《と》を小高き丘に求むれば大景が吾を励ましくれき

穏やかな風に吹かれて薄の穂サヨナラをする手のやうに揺る

告げられし余命を超えて来年のため扇風機をきれいにしまへり

筆舌に尽くせぬ努力したのだらう姫野和樹の耳の脹《ふく》らみ

失せ物の見つかりどこか痩せてをり月日は物の影を薄くす

攀《よ》ぢ登る姿のままに冬が来て眼のみ鋭き蟬の抜け殻

晩年は畑か酒かだけの父質より量の人だつた父

一人だけ斜線の続く出席簿時雨聞きつつ教卓に置く

巣立ちゆく雛の羽ばたく様に似て運動会の子等のダンスよ

日向ぼこしてゐるごとくパトカーが駐在にあり春近づきぬ

カレンダーの巻き癖いつか失《う》すやうに二年二組の転校生は

卒業の日に教へ子と握手さへできず別れぬコロナ禍のため

とりあへず行けるところまで飛んでゆき天命を待つ蒲公英の絮《わた》

2020年4月19日掲載

あとがき

寒いのが苦手だった夫は、冬が苦手だと言っていました。

でも、娘が冬に生まれ、「知冬《ちふゆ》」と名付けると「冬が好きになった」と言うようになりました。

「『拾う雪』で『ひろゆき』だ」とも話していました。


誠実で穏やか。知を愛し、山や海、生き物など、自然をこよなく愛していました。

生物教師という仕事にやりがいを持って教壇に立ち、生命の面白さ・不思議さを伝え、真摯に生徒の皆さんと向き合った日々だったと思います。

家庭では家族のことを思いやり、娘の成長を願い、喜び、いろいろな思い出や楽しい時間がありました。

病となり、辛い時にも決して家族に当たることはなく、自分のできることを考え、懸命に闘ってくれました。

「言葉を大切にしている」とも話していました。

夫の大きな眼で、心で見つめた景色が、創作したいくつもの俳句や短歌に込められていると思います。

広之さんが生きた時間と、よき友人、先輩、知人に恵まれた人生に、しばしの間、想いを馳せていただければ嬉しいです。

二〇二四年一月

新海祐美

主な受賞歴

・１９９４年　中日俳壇　年間賞　佳作
寒の水鯉の緋色を研ぎ澄まし

・１９９５年　中日俳壇　年間賞　佳作
理科室の中に糸吐く蚕かな

・１９９７年　ＮＨＫ学園全国俳句大会　入選
めつむれば銀河の渦の中に在り

・１９９７年　中日俳壇　年間賞　優秀作
朱夏千二百六十余回阿修羅像

・１９９８年　第5回都留市ふれあい全国俳句大会
藤咲くやむらさきは揺れやすき色（正賞）
たましひに日を当ててゐる小春かな（入選）
山茶花の散りゆく闇と思ひけり（入選）

・１９９８年　第37回平泉芭蕉祭全国俳句大会　入選
山葵沢水音といふ光あり

・１９９８年　第2回長塚節文学賞　入選
いち早く水のほとりにいぬふぐり

・１９９８年　ＮＨＫ学園九州俳句大会　秀作
淡雪の闇やはらかくしてをりぬ

・１９９９年　中日俳壇　年間賞　佳作
炎天や圧しつぶされし己が影

・２０００年　中日歌壇　年間賞　佳作
真夜中に歯をくひしばることありて明日は春の疾風とならむ

・２００３年　中日俳壇　年間賞　最優秀
闇に傷つけながら落つ椿かな

・２０１８年　ＮＨＫ全国俳句大会　入選
光年の闇につつまれ猫の恋

・２０１８年　ＮＨＫ全国短歌大会　入選
名にし負はば余命延ばせよ福寿草汝の集むる陽の力もて

・２０１９年　第20回虚子・こもろ全国俳句大会　佳作
告げられし余命を越えて新暦
除夜の鐘星揺さぶってをりにけり

・２０１９年　中日俳壇　年間賞　最優秀
炎帝やゲームセットの内野ゴロ

著者略歴

新海広之（しんかい ひろゆき）

1961年（昭和36年）２月２日生まれ
愛知県立横須賀高校卒業
国立京都大学農学部卒業
愛知県立高校の理科（生物）の教員をしながら俳句・短歌を創作
自然や生き物を愛し、月に一度の山登りやバードウォッチング、釣りなどが趣味
2017年初冬に病気（膵臓がん）が見つかる。闘病の間も俳句・短歌はライフワークであった
2020年４月６日逝去　享年59

（連絡先）
〒487-0013
愛知県春日井市高蔵町３－４－17
新海祐美

蒲公英の絮

2024年4月6日 初版発行

著　者――新海広之

発行者――宇田川寛之

発行所――六花書林
〒170-0005
東京都豊島区南大塚3-24-10 マリノホームズ1A
電話 03-5949-6307
FAX 03-6912-7595

発売――開発社
〒103-0023
東京都中央区日本橋本町1-4-9 フォーラム日本橋8階
電話 03-5205-0211
FAX 03-5205-2516

印刷――相良整版印刷

製本――仲佐製本

定価はカバーに表示してあります
ISBN978-4-910181-64-6 C0092